主語のない男、生返事の女

櫻井紅音
SAKURAI Akane

文芸社

もくじ

育ちの違い

娘の知可が県外の大学に進学して家を離れてからというもの、理々子は夫と寝室を別々にして、知可の部屋のベッドで寝ていた。

夫の洸平は鼾が酷く、結婚以来、それが理々子のストレスの一つとなっていたからだ。

鼾だけではない。就寝中に何度もトイレに起きる洸平に、理々子はその度に安眠妨害されていた。

（えっ、またぁ？）

洸平に背を向けて目をつむっている理々子は、心の中でそうつぶやきながら、目覚まし時計替わりのスマホに目をやる。

（まだ、午前二時じゃん……）

それでなくても理々子は眠りが浅く、少しの物音でも目を覚ますのに、数分ほどしてベッドに戻った洸平は、ものの三十秒もしないうちに寝息を立てる始末。

（呑気なもんだよな。おかげでこっちは寝られないっていうのに……）

理々子はますます腹が立って余計に眠れなくなるのだった。

平日の朝、目を覚ますとすぐパジャマの上にエプロン姿で、あたふたと朝食の準備をするのが、いつの頃からか理々子の習慣になっていた。弁当を作って朝食を済ませ、子どもたちを学校へ送り出し、夫を送り出してから自分の出勤準備に取り掛かる。とにかく忙しい。

そんな、時間を気にしながら朝食の支度をしている時に、いつもぬぼーっと起きてくる洸平が、

「おはよう」

と声をかけてくる。そこまでならいいのだが、その後に続く言葉が、

「勝ったな」

とか、

「降ったな」

などと、あたかも少し前まで話題を共有していたかのように、いきなり意味の分からないことについて念を押してくるのだ。

しかし、理々子はその日初めて言葉を交わした洸平が何を言っているのか見当がつかず、思わず、

「何が?」

と聞き返すのだが、洸平は、

「だから、〇〇のことだって!」

と怒った言い方をしてくる。

「はーっ? 何についてなのか最初に言わないと、聞かれているほうは分からないんですけど!」

新婚の頃は我慢出来たが、いつまでたってもこんなことの繰り返しで、次第に耐え切れなくなっていた理々子は、ある朝、ついにそう言ってしまった。

これに対し洸平は、

「そうですか! そうですか!」

と、明らかに不満たらたらで返してくる。

(冗談じゃない! 主語を言えよ。頭にくるのはこっちのほうだ!)

理々子は朝から不機嫌にならざるを得なかった。

かれこれ三十年前、洸平と付き合うようになった理々子だったが、洸平の話下手が気になっていた。会話をしていると、突然話題が飛ぶことがしょっちゅうある。自分中心に物事を考え、思いついたことを唐突に口にするからだ。だから会話の途中で話がかみ合わなくなる。理々子が、

「何のこと？」

と聞き返さないと話は通じなかった。

やがて結婚するも、それ以来、洸平の話下手がもとで、理々子のストレスは日に日に溜まっていった。

知可が小学校に入学して初めての運動会での出来事。

レクリエーション種目で、保護者がペアとなって走りコーラを飲み干す学級対抗の競技があった。

洸平と理々子ペア。走りは順調だったが、コーラ飲みで差がついてしまった。洸平がゴクリと一気に飲み干す一方、理々子は炭酸のシュワシュワが喉にまとわりついて一気飲みはできなかった。そのせいでライバルチームに越されてしまい、洸平は、

「あんなに飲むのが遅いとは驚いた。もっと一気に飲めないのか！」

と、理々子をバカにしたように責める始末。自分のせいで越されたことは申し訳ないと思いつつも、そんな言い方をされてカチンときた理々子は、

「あんたみたいなあんながぶ飲み、できるわけないでしょ！」

と反撃した。確かに洸平は、日ごろから飲料水をがぶ飲みするクセがあった。それだけではない。飲食に関しては、汁物に限らず、ご飯類やサラダ類、デザート類など、どんなものでも茶碗や皿に口をつけて一気に口の中へかき込む。よく噛まずにすぐ飲み込む。肘をついて食べる。親から食事のマナーについて厳しくしつけられてきた理々子にとっては、到底耐え難いことだった。あまりの醜態に、人前には出したくないとさえ思った。

（何としても変なクセを直してもらわないと……。一緒にいて自分も変な目で見られるのはごめんだ！）

だが、注意したくても今さら大の大人には言いにくい。

（親からどんなしつけを受けて育ったのだろう。育ちの違いというものか……）

育った環境が互いに違う他人同士の結婚である以上、こういう事態はある程度覚悟していたつもりだが、やはり、実際に毎日毎日一緒にいると気になって仕方がない。このまま

見過ごしてしまえば、あとで困ることになるかもしれない。

危機感を覚えた理々子は、洸平が気分を壊さずに、自身のマナーの悪さに気付いてくれる方法はないものだろうかと、遠回しに、

「よく噛んで食べると脳の刺激にもなるんだって」

などと言ってはみるものの、悲しいかな、これまで洸平に理々子の意図が伝わったためしがない。人の気持ちを汲み取ることができないのは明らかだった。

食事に限らず、洸平の日ごろのあらゆる場面での言動を知れば知るほど、理々子には呆れ返ることばかりだった。何度はっきり言ってやろうと思ったことか。

洸平は、仕事から帰るとテレビに直行、食事中もテレビ。家にいる時はとにかくテレビばかり見ている。毎朝、寝室で目を覚ますとすぐに自分のベッドの目の前のテレビをスイッチオン。リモコンは常に手の届く場所に置き、データ放送で興味のある番組を検索したり、あちこちの気象情報をチェックしている。一つの番組をじっくり見ることはなく、家族一緒に同じ番組を見ている時でさえも、リモコンで頻繁にチャンネルを変え占領している。洸平以外の家族は、特に見たい番組ではなかったとしても、画面を見てそれぞれ思

いを巡らせている最中だろうに、周囲にお構いなくチャンネルを切り替える。

（周りにいる人への気遣いというものはないのか？）

口から出そうになるのをグッとこらえて、

（いつかは気付く時が来るだろう）

と大目に見て来たのだが、年を重ねるごとに理々子は我慢出来なくなっていた。

そもそも洸平とは結婚したくなかった。だが、当時、好きな男性がいたわけでもなく、結婚適齢期の娘の将来を案じる親の気持ちに逆らえず、とうとう紹介されるまま結婚してしまったというのが正直なところだ。半ばあきらめ、やけくそ気味に……。

婿探し

全てはあの時から始まった。

その日、仕事から帰宅した理々子が二階の部屋で着替えをしていると、下の居間から父の呼ぶ声がした。

「理々子、ちょっと」

（いつもより改まった感じの声で何の用だろう。とりあえず、一階に降りてみるか）

嫌な予感がした。

「この前、佐々木さんから言われたんだが、お前に紹介したい人がいるんだって」

「えっ？　もしかしてまた……」

予感的中！　やはり、見合いの話だった。

「しつこいなあ。私、見合いに興味はないから。前にも言ったでしょ。佐々木さんに『本人にその気がないみたいで……』とか適当に断っておいてよ」

理々子は不機嫌そうに口早に答えた。

決して結婚に関心がない訳ではなかった。「見合い結婚」が嫌なだけだった。

どうせ結婚するなら「恋愛結婚」と決めていた。が、弟・幸司（こうじ）と二人きょうだいの理々子は、県外に住む幸司が先に結婚してそのまま県外に居を構えたため、たちまち周囲から実家を継ぐ立場と目されるようになった。すると、どこからともなく世話好きな人が、独身男性で次男だとか、理々子と年齢が近いとか、長男ではあるが家を継ぐことに縛られていないとか、とにかくそんな話を持ってくるようになった。最初のうちは、

「いらない。私は一切その気なし！」

などと、つっけんどんに拒否するだけで親もそれ以上は何も言わなかったが、何度か同じようなことを繰り返すうちに

「一生独身でいるつもり？　誰がこの家を守っていくというの？　今はもう理々子以外にいないこと分かるでしょ？」

珍しく母親が強い口調で言ってきた。それもそのはず。理々子の母は婿取りで、苦労してこの家を守ってきた経緯があるからだ。

七人きょうだいの末っ子に生まれた理々子の母は、高校生の時に両親を亡くした。年の離れた兄たちは戦死や病死、姉たちもそれぞれ嫁いで家にはおらず、両親亡きあとは親戚

に経済的援助を受けながら高校を卒業し、その後は就職して一人で家を守ってきた。そして二十代後半の頃、親戚から高校時代の同級生だった父を紹介された。婿養子として迎えることになり、二人三脚で苦労しながらこの家を守ってきた。

この経験から、家を継ぐことになったわが娘の結婚を母が人一倍案じるのは当然であり、理々子はそんな母の思いを分からぬわけではなかった。ただ、見合い結婚が嫌なだけだった。

「いずれは結婚しなければと思っている。けど、見合いは嫌だ。したくない。結婚相手は自分で見つけるから、余計なことしないで」

「ふん、そう簡単にはこの家に来てくれる人は見つからないよ」

「なんで婿って決めつけるの？　私は普通にここから嫁になって行くんだから。嫁いだとしても、この家に入っても良いと言う人だっているかもしれないでしょ？」

「何言ってるの？　そんな人いるわけないって！」

最後はいつもこんな調子で険悪に終わった。

（そんなに見合いをさせて婿をとらせたいのなら、ひと目で私が納得出来る人を連れて来てみろよ！）

さすがにそんなことは口には出せず、理々子はやり場のない思いを心の中で叫ぶしかなかった。

大学時代、理々子は教員を目指して寮生活を送っていたが、大学卒業の年に受けた教員採用試験に落ちてしまったため、卒業後はとりあえず実家へ身を寄せ、再度受験して合格したら家を出ようと密かに考えていた。

気持ちを新たに受験するものの、なかなか思い通りにはいかないもので、その後も二年連続で不合格となってしまった。親にとってはその方が都合が良かったのだろうが、理々子としては、教員を目指すことについては応援してくれていた親に対して年々肩身が狭くなる一方だった。

そうこうしているうちに、無職でいるよりは、と始めたアルバイトが意外なことにそのまま本採用となり、理々子は次第にやりがいを感じ始めていた。教員を目指すモチベーションも失せ、そのまま仕事を続け、ずるずると実家暮らしも続ける羽目になってしまった。

親との同居生活はもちろん気楽ではあったが、気付けば三十代へ突入。二十代の頃は一

年のうちに複数の結婚披露宴の招待状が届いたものだが、三十路ともなると、次第にそれもなくなり、さすがに理々子も、

（結婚適齢期って何歳だろう？）

ふと、自問自答することが増えた。

結婚したくないわけじゃない。いいと思える男性がいないだけなのだ。決して高望みなどしていないのに、どうして「おっ！」と思えるような男っていないのだろう。

今の職場に気になる人はいない。好意を持ってくれている人がいるのは薄々感じているが、その人に対して、今後も特別な感情は芽生えそうになかった。好意を持たれること自体は悪い気はしないが、好きでもないのに惰性で付き合うことはさすがに心苦しい。相手を騙すことにもなり、常に後ろめたさに苛まされるであろう。そうはなりたくない。

思い描く「運命の人との出会い」はなかなか訪れず、友人らが次々と結婚していく中で、なぜ、自分にはそういうチャンスが訪れないのか。

（こういうのを「男運がない」っていうのだろうか……）

理々子は悶々としていた。

第三者が仲人を務めて親が同席。結婚を希望する男女が正装して対面するという形式ばったイメージの「お見合い」を、理々子はどうしても受け入れられなかった。

第三者といっても、気心の知れた自分の友人を通してたまたま知り合ったというのなら構わないが、親戚などが仲介しての典型的な「お見合い」は絶対にしたくなかった。

仮に見合いをしたとする。相手に興味を持てなければ断らなければならない。それで済むことだが、紹介してくれた人との関係が近ければ近いほど、すぐに断るのは気が引ける。良かれと紹介してくれたものを、簡単には断りにくい。断ったあとのほうがいろいろ面倒で、そうした気苦労が最も嫌だった。

だが、いつまでもこうしているわけにはいかない。それは自分が一番よく分かっている。さすがに三十を超すと次第に焦りが出てくる。もう、こうなったら開き直って見合いをしてみるべきか……。

幸か不幸か、断っても断っても舞い込む見合い話。仲介してくれる人への心苦しさから、実は、会うだけだから、という思いで会った男性がこれまで五人いた。すでに自分の意思が決まっている理々子にとって、会っている時間は苦痛でしかない。正直な気持ちが表情や態度に出ないよう、細心の注意をはらってそれなりに対応する。あとは親を通してやんわりと断るが、いつもその後はしばらくの間、心が晴れず憂鬱だった。

最初に紹介された人と二番目の人は、父の同僚からの紹介だった。その時は、とりあえず会っただけで済ませることができた。

三番目は理々子の職場の上司の勧めで三度ほど会ったが、基本好みではなく、相手方も婿養子は考えていないとのことで、すんなりと話は立ち消えた。

四番目は理々子が仕事で世話になった人の甥っこ。海外での生活経験があるということに興味を持った理々子だったが、直接会ってみると想像していたイメージとはかけ離れていて、正直好みのタイプとは言えなかった。相手方も最初から乗り気ではなかったらしく、上手い具合に自然消滅した。理々子にとってはラッキーだった。

五番目は、母の知人からの紹介。やはり好みではなく、（また断らなければならないのか……）と、断る際のあの憂鬱さを想像していたのだが、思いのほかすんなりと断ることが出来た。

そして「運命の」六番目となるのが、

「理々子さんにピッタリの人がいる」

と佐々木から父へと舞い込んで来た洸平との見合い話だった。

実は、理々子は仕事でたまに佐々木に世話になることがあったが、最近になって、自分の父親と佐々木がかねてからの知り合いだと知ったのだった。それだけに、なおさら無下に断るわけにもいかず、これまで以上に理々子の気持ちは揺らいだ。

（まずいことになったなぁ）

父の顔に泥を塗るようなことはしたくない。恩を仇で返すようなことはしたくない。どうすりゃいいんだ……。

「理々子さーん、お父さんから何か聞いてない？」

正式に見合い話を聞かされる数日前、百円ショップで偶然会った佐々木からいきなり声をかけられた。心当たりのない理々子は、

「いいえ、何も」

そう返したものの、だいたいの察しはついた。おそらく婿候補を紹介したいということだろうと。やはり当たりだった。

聞けば、相手は理々子と同じ中学の同学年だという。だが、名前を聞いても心当たりは全くなかった。

通っていた中学校は規模の大きな学校ではあったが、目立つ生徒のことは、同級生だろうが上級生だろうがだいたいは知っているつもりでいた。だが、洸平とは同じクラスになったことはなく、委員会活動でも顔を合わせた記憶はなかった。同学年だとするのなら、洸平はよほどおとなしく、目立たない存在だったのではなかろうか。

そんな思いで、今回もどうしても前向きな気持ちにはなれず、本音は即座に断りたかった。だが、この話を持ってきた佐々木との関係を思えば、せめて一度は会ってみないと……。結局どうしても断りきれなかった。それでも心の片隅には、どうせ断るのだから……、との思いがあり、この時はまだわずかに心の余裕を感じていた。

数日後、見合い相手の洸平と佐々木の三人で近くのカフェで会うことになった。

「気軽に、気楽に会おう」

と申し合わせたこともあってか、理々子は見合いだからといって特に緊張することもなく、むしろ、これから会う相手が少しでも魅力を感じる相手であって欲しいと、淡い期待さえ寄せていた。

そして当日。待ち合わせのカフェ前の駐車場は比較的空いていた。

見慣れたドアを開け中へ入って全体を見回すと、先方はまだ来ていない様子。ちょっと拍子抜けしたような、ホッとしたような気持ちでいるところに、ほどなくしてニコニコ顔の佐々木と、その後ろをキョトンとした表情の男がこちらに近づいて来るのに気付いた。

(この人が、今日紹介する人だよ)

と佐々木が理々子に目で訴えているのが分かる。

理々子はひと目でがっかりしてしまった。その男は思っていた以上に自分のイメージとは違っていたからだ。

わりと面食いな理々子は、顔立ちはまあまあと捉えたものの、服のセンスが今一つ気になった。いくら気楽にとはいえ、年寄り臭い薄いグレーに唐草模様のポロシャツ、それにグレーのズボンという組み合わせは、ファッションに詳しいわけではない理々子にもダサく感じた。

自分たちの年齢の男女の出会いの場に相応しい着こなしとは思えなかった。

(一緒にいるのは恥ずかしいかも)

人はやはり見た目から入ってしまうのではないだろうか。第一印象は大事だ。ほとんど第一印象で見方が決まってしまう。少なくとも理々子はそう信じていた。

だからこそ大事な場面であればあるほど、身だしなみには慎重になるべきなのに、目の前に現れた男からはセンスのかけらも感じられない。理々子の淡い期待はもろくも崩れ去った。

職業は学校の校務員だという。一応「公務員」ではあるが、どうせなら自分も目指していた教員であって欲しかった。

（それにしても、中学校の同学年にこんな人いたっけ?）

何度記憶をたどってみても、やはりどうしても思い当たらない。

「初めまして」

とりあえず、さっと椅子を立って理々子は愛想良くあいさつした。

「どうも」

相手の男は座ったまま遠慮がちに言った。

「こちらが理々子さん。こちらが洸平くん。同じ中学校の同学年だそうだけど、お互いに覚えてるかな?」

佐々木が互いを紹介するが、理々子はどう考えても初対面としか思えず、ちょっと首を傾げたのに対して、洸平は、

「そう言えば、こういう人がいたような気がする」

と、いかにも適当な言い方。

（はっ？　こっちは知らない。けど、向こうがそう言うのだから、同学年だったのかもしれない。まあ、どうでもいいか）

微妙な笑顔を浮かべ、理々子はとりあえず深く追求しないことにした。

コーヒーを注文したあと、佐々木が趣味の話題を引き出したりして気を使うのがよく分かった。理々子も相手に失礼にならないようにと相槌を打ったり、質問したりと、必要以上に気遣った。が、洸平はあまりしゃべらず、佐々木の次の言葉を待っているかのように、佐々木ばかりに視線を向け、理々子の目には、ただオドオドしているようにしか映らなかった。

（気弱そう……。これじゃあ、何かあっても頼りにならないかも）

会話も弾まず、理々子はどうしたらいいか困ってしまった。

たまたま話題が途切れたその時、

「それじゃ、ここからは洸平君と理々子さん二人でじっくり話し合って。私はこれで失礼するよ。あとはよろしく」

レシートを手に、佐々木が二人を残して帰ってしまった。

（まいったなぁ……）

もしかしたら気を利かせたつもりだろうが、急過ぎた感は否めなかった。

同学年というから適当に話は合わせるが、会話は続かず、すぐに沈黙が訪れる。もしくは同じ話題を蒸し返すだけ。理々子はつまらなかった。

とうとう話題は尽きてしまい、理々子のほうから、

「今日はこれでいったん帰りましょうか」

と言い、後日、また日を改めて会う約束をしてこの日は別れた。

逃げ道は閉ざされて

帰宅すると、母が待ってましたとばかり、

「どうだった?」

と、根ほり葉ほり聞いてきた。

「同学年だから、これまでの人よりは親近感はあるけど、ちょっとなあ……」

「みんな満点という人はいないよ」

「そりゃそうだ。それくらい分かってる。でもなあ……」

(今の母さんには何を言っても分かってもらえないな)

理々子はもうこれ以上口を利きたくなくて、自分の部屋へそそくさと逃げ込んだ。

ファッションセンスがなさそう。頼りなさそう。

それに、どうしても学歴が気になった。

結婚相手の学歴はこだわらないと一応公言はしているが、大学卒の理々子からすれば、
本音は、自身の夫となる人には、自分と同等かそれ以上の学歴を望んでいた。しかし、洸

平は大学進学はしていない。たとえそうであっても、中学校時代から成績優秀だったとか、高校は進学希望者の多い学校の出身とかならまだ納得したであろうが、残念ながらそうではなかった。

せめて、会話を交わす中で気の利いたことを言うとか、どこかで知的さの片鱗を感じられたら印象も変わったであろうが、惜しいことに理々子にはそう感じた瞬間は微塵もなかった。

（断ろう）

やはり、気持ちはほぼそちらに傾いていた。

が、話を持って来た佐々木にはそんなことは絶対に言えない。言えるわけがない。学歴を切り出すなんて無礼そのものだ。自分が言われる立場だとしたら絶対いい気はしない。みんな同じなのではないだろうか。

（どうやったらやんわりと断ることが出来るだろう）

その夜、理々子はそのことばかり考えてなかなか寝付けなかった。

「親近感を感じる」。母にそう言ったのは、最初からがっかりさせたくないという理々子なりの心遣いからで、決して今回の話を受け入れても良いという意味ではなかった。にもかかわらず両親は良い方に解釈し、勝手に話を進めている。

「理々子、佐々木さんから連絡があって、先方は話を進めてもらいたいと」

洸平と初めて会った日から数日後、仕事から帰った理々子に母が伝えた。

「えーっ！　私はあまり気が進まないんだけど……」

「いい話でしょ？　次男だし、同じ年だし、お父さんと向こうのお父さんは知り合いだしさ。公務員というのもいいんじゃないの」

「……」

理々子は何も言えず、内心、まずいことになったと、はっきり断らなかったことを大いに悔やんだ。

（ヤバい！　どうしよう、なんとかしなきゃ……。どこかでうまく断らなければ……）

冷や汗がにじんだ。


その夜、洸平から電話がかかってきた。

「もしもし、もう寝てた？」

「まさか！　まだ八時過ぎたばっかりだよ。私はいつも遅くまで起きてるから。そっちはどうなの」

「え、あっ、俺もだいたいそんな感じ」

しどろもどろな洸平の答え方からは嘘であることがうかがえる。理々子はピンときた。初めて会った時の印象からしても、学生時代、受験勉強などで遅くまで机に向かっていたなんてことは絶対なかっただろうと想像できた。社会人になってからだって、きっと何もすることがなくて、夕飯を食べたら部屋に引っ込んでごろごろテレビでも見ているような生活を送っているのではないだろうか。

（この人と私はきっと合わない）

理々子はますますその思いを強くした。

「今度、いつ会う？」

洸平が聞いてきた。

（うわっ、そうきたか！）

はっきり断れない理々子は、

「そっちに合わせるようにするけど、仕事が終わってからがいい。ただ、私の仕事は急な予定が入ることが多いから、定時に帰れるかどうか……」

と、なるべく先延ばしにしたい一心で、煮え切らない返事をしてしまった。

「なら、金曜日、仕事終わってから。六時頃は？　夕飯食べに行こう。どこか行きたいところある？」

明日にでも、ということではなかった。

（よかった……。まだ日にちはある）

洸平の週末の提案に少し安堵した理々子は、

「じゃ、とりあえずそれで。特に行きたいお店もないし、あまり堅苦しくないところでいいから」

電話を切ってため息が出た。

（とうとう断れなかったなぁ……）

後悔だけが残った。

約束の日。理々子が勤めている会社のそばの駐車場で落ち合った。

「どこにする？　何食べたい？　俺はラーメンが好きだ」

確かに堅苦しくないところがいいとは言ったが、いきなりラーメンはないだろう……。

せめてパスタのお店とか寿司屋とかなら分かる。ちょっとでも期待していたことがバカらしかった。

いくら女心が分からないにしても野暮過ぎる。女性をエスコートするつもりなら、分からないなりにも事前に下調べをしてくるのが常識だろう。食事に誘うならどんなところがいいか、カップルに似合いそうなカフェとか、それっぽいところはあるだろうに。

結婚と真摯に向き合い、パートナーを探す男の一生懸命さというものが、こちらには全く伝わって来ない。

仕方なく、通りがかったラーメン屋で夕飯を済ませることとなった。これといった話題もなく、カウンター席に座ったので、向き合わなくて済んだことが理々子にとってはせめてもの救いだった。

それでも、ラーメン屋を出たらもう少しカップル向きの場所で時間を過ごせるのでは……と、洸平の出方を期待していた理々子だったが、それさえも叶うことはなかった。

「このあとどうする?」

いつもの調子で洸平は理々子に委ねようとするばかり。

(こういう時こそあなたがリードするべきでしょう)

あまりにも歯がゆくなった理々子は、

「とりあえず、コーヒーでも飲みに行く？」

ちょっと面倒くさそうに提案した。

その後、洸平は少しだけ考え込んでから、

「景色のいいところがあるからそこに行ってみないか」

と言い出した。

（えっ？　急に何それ。だったら早くそれを言えよ）

苛立つ理々子。景色のいい場所がこの辺りにあったかどうか、一瞬不思議に思いながらも洸平に従うことにした。

洸平の車で向かった先は、市街地からそれほど離れていない小高い場所にある公園。街の中に整備された公園とはかなり違って、案内された辺りは暗闇が広がっていた。夜風が少々肌寒い。すると、

「ここの上のほうから見える夜景がすごくきれいで……」

そう言って洸平はおもむろに理々子の手を引いて斜面を登り始めた。いかにもどさくさに紛れて手を引いたような強引な振る舞いを、理々子は怪訝に思いながらも努めて平静さ

を装い、足元が悪い中、一緒に登った。

少し平らになった部分で足を止めたが、そこからの眺めは洸平が言うような「夜景がきれい」とは全く違っていた。

「一〇〇万ドルの夜景」とまではいかずとも、それなりの景色は見られるだろうと少しは期待していたものの、またしても裏切られてしまった。視界に入ってきたのは、林に遮られ、ところどころからしか見えない民家の弱々しい灯り。理々子はますます洸平に幻滅した。

その時、理々子はふいに足元がぐらついてよろけた。と思ったら、今度はグイッと、いきなり洸平のほうへ引き寄せられ、その瞬間、理々子の唇に洸平の唇が重なった。

「えっ？」

何が何だか分からず、一瞬、頭の中は真っ白。気が動転し、本来なら突き放してしまうところだろうが、理々子はグッとこらえた。そして、

「落ち着いて！　少し落ち着いて」

と静かに洸平を押し返した。

洸平としては、映画やテレビドラマでよくある恋人たちのワンシーンを真似たつもりか

もしれない。が、あまりにも唐突過ぎる。理々子は驚きと不快さで一刻早くもそこから立ち去りたかったが、そこでもあえて冷静さを装い、

「ビックリした！」

とだけ、なるべく明るく言った。

「ごめん、ごめん！　けがしなかった？」

当の洸平は都合悪そうに謝り、しばらく無言が続いたため、

「今日はこれで帰らない？」

理々子は咄嗟に切り出し、自身の車を停めてあった駐車場へ戻って、なんとかそこで洸平と別れることができた。

「はあ……」

ハンドルをにぎりながら、ため息ばかりが出てしまう理々子。暗闇の中でいきなり引き寄せられた時のことが脳裏に思い浮かび、嫌悪感でいっぱいだった。

それでも律儀な性分が災いしてか、「断れば相手に申し訳ない」という思いに負け、成す術もなく、理々子は気乗りのしないデートを、その後もずるずると続けるしかなかった。

紅葉真っ盛りの頃、隣県の観光スポットを散策した時のこと。

土産物店の和風レストランで昼食をとることになり、壁に貼られている各種メニューを理々子が読み上げると、

「へぇー、あれは『わん』って読むのか」

と洸平が言った。「椀」という漢字。

(こんなのも読めないなんて……)

理々子は情けなかった。気持ちがまたずっしりと重くなった。

また別の日。二人でドライブ中、洸平が理々子にこんな質問をしてきた。

「『素朴』ってどういう意味?」

というのも、職場の同僚たちと性格についていろいろ話していた際、洸平が、

「俺はどんな性格に見える?」

と尋ねたところ、女性同僚の一人から「素朴な人」と言われたという。

(そんなことも知らない?)

理々子は愕然とした。

「素朴」は、その前後の話の内容によっては良い意味にも悪い意味にも捉えることが出来

る。そこで理々子は推測した。日ごろから一緒に仕事をしていて、主体性のない洸平をよく知るその女性は、返答に困って咄嗟に「素朴」と言ったのではないかと。洸平に対して女性は内心、「地味」や「これといった取り柄がない」などの印象を持っていたが、それを口には出せないため、当たり障りのない「素朴」という単語を思いついたのではないか……と。

ただ、理々子は、

「『飾らない』や『素直』のような意味で言ったんじゃないの」

と、洸平が傷つかないようにあえて良い意味で説明した。

「へぇー」

まんざらでもなさそうな表情の洸平。理々子は、

（可哀そうな人……）

と憐れむ思いと、嘘をついてしまったことに罪悪感を覚えた。

その後も親が何も言ってこないのをいいことに、理々子は仕方なしにダラダラと洸平と会い続けたものの、気持ちは重くなるばかり。さすがにそろそろハッキリしなければ……

と焦りが一層加速した頃に、父から、

「もうこれだけ会ったのなら、そろそろ次に進めてもいいんじゃないか」

と催促がましく言われた。

その場は曖昧な態度でなんとかうまく逃れたものの、数日後、いよいよ決定的な瞬間が訪れた。

仕事から帰宅して、親と顔を合わせるのが苦痛な日々が続く中、

「佐々木さんが、来月あたり結納しないかって」

いきなり母が言ってきた。

「結納？　私、まだ結婚するともしないとも言ってないよ。どういうこと？」

理々子にとっては寝耳に水だった。

「○月○日、場所は鶴亀ホテルで……」

何やら結納のスケジュールとかいろいろ言っているが、当の理々子はショックで何も考えられなかった。逃げ道は見つからないまま……。

本人の意思とは関係なく結婚に向かってどんどん話が進むにつれ、結婚という実生活がどんなものか気になった。

そんな中、新聞を読んでいた理々子の目に、人気作家による『伴侶』というタイトルの新刊案内記事が飛び込んできた。

その作品は、エッセイと短編小説という二つのスタイルで、結婚や恋愛につきまとう様々な葛藤を鋭く描写しているほか、著者自身の経験を交えながら、揺れる想いを抱える女性へのアドバイスなどが紹介されていた。

興味が湧き、理々子は思い切って書店に予約注文し、手元に届くや否や一気に読み終えた。雰囲気に流されるままに結婚するべきか、それとも勇気を出して断るべきか……。洸平との件で悩む理々子にとっては共感できる内容だった。洸平にも同じものを読んでもらうことで、結婚についてのいろいろな感覚を少しでも共有できたら、と前向きに考え、洸平にその新刊を勧めた。

何度目かのデートの帰り際に、

「はい、これ。読んでみて」

理々子は洸平に本を差し出した。

「なんだこれ？　俺に読めってこと？」

うなずく理々子を見て、洸平は不思議そうな表情で受け取ったものの、この本を勧めら

れる意図を理解していないことは、すぐに見て取れた。それでも理々子は祈るような思いで、

（少しでも何かを感じ取って欲しい）

と、わずかな期待を込めて本を手渡した。

洸平からは一日置きくらいに電話がかかってくる。本の感想、何か口にするだろうかとその度に思うのだが、案の定、一言もない。もともと読書嫌いだろうから、ちょっとずつしか読んでいないかも……と、理々子は好意的に考えるよう努めるも、本心はやはり否定的な思いのほうが強かった。

少したったある日、本について一向に何も言ってこない洸平にしびれを切らし、

「あの本、読んでみた？」

恐る恐る聞くと、思っていた通り。本はどこかに置きっぱなしで一ページたりとも読んでいないと言うではないか。

（やっぱりな）

急に腹が立ち、

「読まないんだったら返して！」

理々子は不機嫌そうに言い放った。

（所詮、その程度の男なのだ……）

失望が広がるだけ。情けなくて仕方がなかった。

が、結局、どうすることも出来ず、周囲に流されるまま前に進むしかなかった。本当にもう逃げ道はないと感じた。「やぶれかぶれ」とは、そんな状況の時に陥るのだろう。

（なるようにしかならない。あぁ、私の人生どうなってしまうのだろうか……）

仕事中は忘れているが、帰宅時間が近づいてくると、夕暮れと共に理々子の心はどんどん沈んでしまう。

（あー、家に帰ったらまた何か言われるかもなぁ。嫌だなぁ）

本来なら用事がない限り、就業時間が終わったらさっさと帰宅するところだが、少しでも帰宅が遅くなれば、それだけ親と顔を合わせる時間が短くなるだろうと、帰りの身支度も、ついスローペースになりがち。もちろん、残業はしたくない。が、この時ばかりは急な残業が入った方が帰宅が遅くなる正当な口実ができるため、むしろ歓迎した。飲み会の誘いも、本心では面倒くさいと思いながらも、門限ぎりぎりまでには帰るよう心掛けて参加した。時には、自ら誘って出掛けることもあった。

だが、確かに親と顔を合わせる時間が少なくなるとはいえ、結局その場しのぎでしかない。同じことの繰り返しに、ただただ理々子は後ろめたさを感じるばかり。

（やっぱり、いつまでもこんなこと続けられるわけないか……。本当にどうすればいいんだ。もう分からない。助けて。だれか助けて……）

黄昏の思い出

その日も、どうしても仕事が終わってすぐ家に帰りたくなかった理々子は、何気なく夕焼けの西のほうへひとり車を走らせた。少しでも時間を稼ぎたかった。

西日がまぶしく、車を一時停止させ、サンバイザーを手前に倒そうとしてふいに脳裏に浮かんだ学生の頃の思い出。ゼミの先輩や友人らと海水浴場へキャンプに出掛けた時の切ない記憶が蘇った。

あの頃、理々子はゼミの二年先輩の一ノ瀬に思いを寄せていた。授業で顔を合わせられる時は一日中、心が弾んだものだ。

一度は日焼けを理由に断ったものの、一ノ瀬も参加すると知り、勇気を出して参加を決めた一泊二日のキャンプ。

キャンプ当日、先輩たちが運転するレンタカー二台に分乗して現地へ向かう途中も、一ノ瀬とは一緒でない車に乗った理々子。そのほうがちょっと気楽だったが、車内でおしゃべりをしていて彼の名前が出てくる度に、胸がキュンキュンした。これからの時間、あこがれの人と口を利くチャンスが訪れるだろうと思うと胸が高鳴り、それは山道を抜けて急に眼前に青く美しい海の岩場の景色が広がった時、最高潮に達した。

少し先の砂浜に男女それぞれのテントを設営した後、そこから少し離れた場所でお楽しみのバーベキューの準備を始めた。

その頃には、どこまでも広がる海に夕日が反射し、辺りはオレンジ色に染まって、なんとも幻想的な景色に包まれた。

意中の先輩が率先して手際よく作業を進めている。理々子は誰にも気付かれないようにさりげなく視線を向けては、

（かっこいい！　アウトドア派でもあるんだ。頼もしい！）

などと、気になる人の新たな一面に気付くことで止まらぬワクワク感に浸っていた。

買い込んで来たいろいろな食材をバーベキューコンロで焼き、みんなでワイワイ楽しんでいると、やがて夕日は沈み、あたりは次第に薄暗くなっていった。そこに湿った生温い海風が吹き始め、黒い雲が急に広がった。

怪しい雲行きに、

「雨に濡れたら台無しだから、ひとまず、片づけてテントで様子を見るか」

誰かがそう言った途端、

ピカッ！　ゴロゴロ！

一瞬、稲妻が走り、まるでスコールのような激しい大粒の雨が降り出した。慌てる面々に、

「濡れて風邪をひいては大変だから、砂が混じっても片づけて持って行こう」

さっきとは違う声、それは一ノ瀬だった。

（多少濡れたっていい。先輩の言う通りにしよう）

理々子はなんだかうれしく、一ノ瀬の言葉に従って、手早く食材をまとめて、仲間とともにそれぞれのテントへと移動した。

「びっくりしたわね。まさか急にあんな激しい雨が降るなんて」

「雨男、雨女。誰かいるのかな」

「○○君じゃない？」

「理々子だったりして」

「私、違うからね」

そんなことをぺちゃくちゃ話しているうちに、さっきまでの雨はどこへやら。雨上がり

の夜空はとても澄み切っていた。

綺麗な星空が広がり、誘われるように一人二人と、またバーベキューをしていた場所へ戻っておしゃべりが始まった。

雨が去ったあとの砂浜はしっとりとしていて、裸足の感覚が心地良い。若干濡れた体も、夏だけあって寒くはなかった。

輝く星が一段と美しい雨上がりの夜。流れ星を見つけて願い事をしようと、いつの間にかみんな夢中になって夜空を見上げたりして、楽しい時間はあっという間に過ぎていった。ゼミで顔を合わせる時と違って、みんな穏やかで生き生きした表情だった。普段は聞きにくいプライベートなことや、それぞれの本音も飛び交う。理々子は参加して良かったと思った。

(一時はどうなるかと思ったけど、あのハプニングのおかげで、逆に楽しめているのかも)

夜も深まり、見渡せばさすがに眠そうな人もチラホラ。そのうち、

「俺、寝るわ」

とテントへ戻る姿が増え、理々子もどうしようかと迷っていると、

「理々子さんはどうする？　もう寝る？」

理々子の隣の隣に座っていた一ノ瀬が声を掛けて来た。

（きゃー、先輩だ！）

「星が綺麗で、寝るのはもったいないと思って。まだ眠くないし……」

嘘ではない。本心からだった。

「実は僕もなんだ。まだ眠くない」

（ラッキー！）

心躍る理々子。すると、一ノ瀬と理々子の間に座っていた男子がこのタイミングでテントに戻ったため、その場には理々子と一ノ瀬の二人きりになってしまった。理々子には、テントへ戻った男子学生が、自分たちに何かを感じ取って立ち去ったようには見えず、自然な成り行きに思えて、ホッとした。

（私の気持ちはきっと誰にも気付かれていないよな。それより、先輩と二人っきり……。落ち着け、落ち着け）

「さっきの雨は一体何だったんだろうな。でもこんなことも面白い。僕は嫌いじゃないよ」

周囲に響かないよう、小声で一ノ瀬が言う。

「そうですよね。せっかくのバーベキューはちょっと残念に終わったけど、結局晴れたし、こんな綺麗な星も見られたし」

緊張しながら言葉を返す理々子。誰にも邪魔されず、憧れの一ノ瀬と美しい星空の夜の海岸で二人きりでいることが、まるで夢のようで、しばらくは体が浮いているような心地がした。

「先輩はどちらのご出身ですか」

「僕は北海道の旭川。理々子さんは新潟だって聞いたことあるけど」

（えっ、先輩知ってたんだ）

「はい、十日町というところです」

「雪がたくさん降るっていう点では似てるな。ははは」

緊張気味の理々子に対する、心遣いを感じる会話のやりとりに、理々子は今まで以上に一ノ瀬に対する想いがあふれ出るのを感じた。

少しずつ緊張が和らいでくると、どうしても聞きたい思いを抑えきれなくなってしまった理々子は、ちょっと踏み込んだ話をしてみた。

「先輩の高校時代ってどんな感じだったんですかね。付き合っている子とかいたんですか」

あえて上目遣いで冗談っぽく。そのほうが自分の気持ちが悟られないだろうと考えての作戦だった。

すると、一ノ瀬は遠くを見るように、

「あの頃はバスケット漬けだったなあ。でも今は遊び程度で。……彼女？　いたよ。でも、残念ながら大学進学と同時に振られてしまった。僕はまだ気持ちに整理がついていないいんだけどな……。だから、無理に忘れようとせず、今の気持ちを大事に、少しずつ少しずつ、いつか気にならなくなる時を待とうと思っている」

一ノ瀬にとっては苦い記憶のはずだが、あまりにも淡々と素直に打ち明けられた理々子は驚いた。自分を振った彼女を恨んでいないようだし、かといって未練がましくするでもなく「今の気持ちを大事にしたい」と。

（よっぽど好きだったんだろうなぁ。どんな彼女だったんだろう……）

一ノ瀬に対する自分の想いは成就しそうにない。この時、そう悟った理々子は、

「そうなんですね……　彼女のこと、それだけ大事に思っているんですね。すごいことで

すよ。彼女が羨ましいです」

泣きたくなるような思いを心の隅に追いやって、少しおどけた感じで努めて明るく言った。そして、彼女とはもう元に戻れないことを十分に理解した上で、彼女への思いを、時間をかけて少しずつ少しずつ消していくことを選択した、一ノ瀬の純粋さを目の当たりにして、

（私の見る目に間違いはなかった）

悲しくはあるが、一方でなぜか、理々子は清々しかった。そして、

（よし！　私も今の気持ちを大事にしていこう）

暗闇から聞こえる波の音を感じながら自分にそう言い聞かせた。

「さすがにもう遅いね。そろそろ僕たちもテントに戻ろうか。明日はラジオ体操もやるぞ。寝坊すんなよ」

理々子の思いを知ってか知らずか、一ノ瀬は相変わらず爽やかに解散宣言。理々子にとって夢心地の楽しいひと時は、こうしてあっという間に過ぎ去ってしまった。

「おやすみなさい」

「おやすみ」

二人がそれぞれのテントに戻る頃は、もう明け方になろうとしていた。理々子はすやすや寝ている友達の隣にそっと横になり、ついさっきまでの光景を目に浮かべているうちに、スーッと眠りに引き込まれた。

若い頃、星空の下での記憶。しばらく忘れていたが、夕日を見てなんとなく思い出してしまった。

一ノ瀬は大学を卒業してから、どこでどうしているのだろうか。元気ならそれでいい。ふるさとに戻ったと噂で聞いたことはあるが、本当かどうかは定かでない。おそらく、もう会うことはないだろう。だが、それでも、

（もし、結婚相手が洸平ではなく先輩だったら……。いや、洸平が先輩のような人だったら……）

今となってはどうしようもないが、つい「～たら」「～れば」と仮定してしまう自分がここにいる。

頼もしく、ゼミでもみんなに慕われていた一ノ瀬。

（とっくに結婚してるよな……）

一ノ瀬の幸せそうな顔が勝手に思い浮かんだが、すぐに新たな思いがふつふつと湧き上がってきた。

（奥さんや子どもたちと幸せに暮らしている先輩と、もし、どこかで会ったとしたら……。未だ独身で淋しげな私の姿は見せたくない。私だってとっくに結婚してますよっていうところを見せたい）

それは理々子のプライドでもあった。

なんだか夕日に向かっているうちに力が湧き上がってきた。

（きっと何とかなる！　洸平だって変わるかもしれないし……、いや、変わってもらわないと困る）

吹っ切れたように、一世一代の大勝負に出る決心がついた瞬間だった。

クズもいろいろ

初めての出会いから八カ月後、なるようになると覚悟を決めて結婚を決意したものの、実生活はやはり憂えていたことがそのままで、違和感だらけの毎日だった。

洸平が決して他人に憎まれたりするような人柄ではないことは十分に承知している。見た目だけで言えば、理々子的にはイケメンのたぐいで、優しいし、酒は飲まず、たばこも吸わない。ギャンブル好きというわけでもない。だからこそ、不本意ながらも結婚に踏み切ることができたのではあるが、生涯を共にするパートナーとしてはやっぱり不服でならない。

「優しい」は、裏を返せば「気弱」とか「お人よし」のマイナスなイメージにも受け取れる。

「○○してもいい？」

「○○○でいいんだよな」

と周囲に必ず念を押さねば気の済まない洸平は、理々子にとって非常に頼りなく、

（そんなことも自分で判断できないのだろうか）

と思ってしまう場面に遭遇する度に胸が苦しくなる。

とにかく、目に余る語彙力の低さ。

理々子はどうしてもそれが気に入らなかった。国語の学習を基礎からやり直して欲しいと思ったほどだ。

「〇〇を頼まれていたが、てっきり忘れていた」

「ちょっと！　今さら言いたくないけど、そこはうっかりでしょう？　正しい日本語を話してよね。人前でそんな言葉遣いをして恥をかくのは、あなたよ！」

どうしてもきつく言わずにはいられない。

また、「風評被害」。この言葉を「風による被害」と思い込んでいた洸平に、理々子は一度、正しい意味を教えたことがあったのだが、いまだに間違った解釈をしている。そもそも、なぜ正しい意味を覚えようとしないのかと思う。

小学生の時、作文コンクールで入賞して以来、文を書くことを得意としてきた理々子からすると、到底許すことはできなかった。

二人で話しているとイライラさせられっぱなし。とにかく漢字に弱く、主語なしの唐突なしゃべり方。

おまけに人の気持ちを汲み取れない。そのため、人の誤解を招くこともしばしば。毎日生活を共にしている身としては、何度も同じ話や、どうでもいいような情報を聞かされたり、何を訊ねたいのか分からない質問をされたりして、まともに答えることがバカバカしくならざるを得なかった。

洸平と会話をする度にストレスを溜め込むことがどれだけ無駄なことか。不快にさせられ、自分が損するだけ。理々子がやっとそれに気付いたのは、割と最近のことだ。

(一生、このままではたまったもんじゃない。自分も向こうも気分を害さなくてもいい方法はないものか……)

考えに考えぬいた挙句、ある時とうとう、洸平に話しかけられても「聞こえないふり」をする作戦を思いついた。

返事を求められたとしても適当に受け流す。つまり、本気で相手をしないことにしたのだ。

理々子の家は、リビングとキッチンが対面式である。だから食事の支度をしながらリビングのテレビを見たり、リビングにいる人と話をすることができる。ある日の夕方、ニュースであおり運転の事件について見ていた洸平が、

「酷い話だな」

と、調理中の理々子に話し掛けて来た。あおり行為の酷さを指して言っていると分かったが、理々子は気付かないふりをした。理々子も手を動かしながらチラチラ見ていたが、実際、換気扇やＩＨヒーターが稼働する音で、はっきり聞き取れてはいなかった。なのに洸平は、

「酷い話だなって言ってるだろ。聞こえないのか！」

と怒ってくるので、

「えっ？　換気扇の音で何も聞こえなかった」

ととぼけたところ、それ以上、何も言い返してこなかった。正当な理由に納得したのだろうと、理々子は心の中でニンマリとした。

以来、理々子にとってはどうでもいい情報、興味のない話題を洸平がいきなり振ってきても、

「へぇー」

「ふぅーん」

と、そっけなく生返事で応戦している。最初は理々子自身も後ろめたさを感じていたが、慣れてくるとその思いも薄れていった。洸平も特に気にした様子はなく、理々子も、これまでのような苛立ちはそれほど感じなくなったような気がした。

苛立つと言えば忘れられないのが、洸平と理々子の結婚披露宴が終わって、新郎、新婦が着替えのため更衣室に移動した際のこと。

結婚式当日は好天に恵まれた。更衣室の前に、思いがけず理々子の弟の幸司の姿があった。

「義兄さん、姉のことよろしくお願いします」

ふいに幸司は洸平に歩み寄って言った。

（おっ！　幸司、なかなかやるじゃん）

予想もしていなかった弟の言葉。長男の自分に代わって家を継ぐことになった姉の理々子に対して、幸司なりの思いがあったのだろう。そう直感した理々子はとてもうれしかった。

もちろん、洸平もそれなりの言葉を返すものと思いきや、洸平は戸惑った表情で、

「へへへ」

と笑っただけ。あとに言葉は続かなかった。

たとえ照れ臭くて言葉に詰まったり、噛んだりしたとしても、せめて「自分なりに頑張ります」とか「二人で協力し合って頑張ります……」でも、何かしら大人の対応を見せて欲しかったが、機転の利かない洸平の姿をまたもや目の当たりにした理々子は、せっかくの晴れの日を、最後の最後に台無しにされたようで情けなかった。


こうして心の晴れないままに結婚生活が始まり、知可、勝(まさる)、二人の子どもを授かったが、よくぞここまで続いたものだ……。洸平に対して腹を立てる度に、理々子はそう思わずにはいられなかった。

しかし、こんな目に遭うのは、親の思いに逆らう勇気がなかった自分自身にも責任があると思っているだけに、自分に対しても怒りがないわけではなかった。

離婚を考えたことは一度や二度ではない。それなのに、なぜこれまで実行に移せなかったのか……。簡単に言うなら、それはやはり経済的な理由が一番大きいだろう。

洸平と理々子はもともと共働きで、両親が元気な頃は子どもたちの世話や家事、その他諸々を一切親に任せていたのだが、当てにしていた両親が介護を受ける身となったのを機に、理々子が仕事を辞めざるを得なくなってしまった。フルタイムで働きながら家事、育児、介護全てを担うには無理があると判断したからだ。

民間会社に勤めていた理々子の収入は、公務員の洸平に比べたら「すずめの涙」みたいなもの。それでも家計の足しにはなる。職に就きたくても就けない人がいるこのご時世に、低い給与に休暇も少ない職場ではあったが、もらえるだけ有り難かった。

しかし、これ以上理々子が無理をしたなら体調をくずしてしまう恐れがあった。理々子が倒れでもしたら、誰が家族の世話をするというのか。

食事に洗濯、掃除、近所付き合い、その他この家に関する諸々のこと……。あの洸平に代役が務まるわけもなく、頼るべき人もいない。結局、理々子が健康でなければ家族全員が困るのは目に見えている。

ましてや理々子は苦労人の母から、

「誰かに頼ると、頼られた人に迷惑かけることになるから、人を当てにしてはいけない。最後は自分しかいない」

そう言われて育ったせいか、子どもの頃から自立心が強く、最後まで自分でやり遂げようとする性分だった。だからこそ、自分がもう少し頑張ればと、「離職」という苦渋の決断に至ったわけである。

結果、稼ぎ手は洸平一人となった。もし離婚してしまえば、無収入の理々子が親の面倒をみて、これからまだまだ養育費のかかる子ども二人を養っていくことは無理だと考えられた。

口では簡単に言える「離婚」だが、調べてみると、法的な離婚手続きというものが結構面倒らしいことも分かった。

夫婦での話し合いで合意出来なければ、家庭裁判所の調停制度を利用しなければならないという。簡単に別れればいいというものではなく、親権やら養育費、財産分与等々、いろいろな決め事が待っている。

（これ以上、面倒なことは御免だ）

となると、離婚は何としても避けたかった。

以前、洸平とちょっとした口喧嘩になった時、

「俺には帰る家があるからな」

と洸平が言い放ったことがあり、一瞬、ドキッとしたのは確か。ただ、理々子にはそれが、まるで、

「(俺を)追い出せるものなら追い出してみろ」

と洸平が挑発しているように思え、あの時ほど洸平に憎しみを感じたことはなく、本当に離婚してやろうと思ったことも少なからずあった。

(大口たたくんじゃないよ！　ひとりでは何もできないくせに！　よく言えたものだ。出られるものなら出て行ってみろってんだ)

その頃はまだ自分の両親も健康で、自身もバリバリ働いていたし、洸平が家を出ていく可能性はほとんどないという自信があった。

だが、のちに両親が亡くなり、今の稼ぎ手は洸平ひとり。介護からは解放されたとはいっても、親亡きあとの様々な問題に向き合えるのは実子の理々子しかおらず、再就職は考えられなかった。その上、我が子にまだまだ養育費がかかる以上、ひとり親になってしまうことにはどうしても不安が募る。

それに、離婚に踏み切れない理由は他にもあった。せっかく母が父を婿養子に迎えて

守ってきた仲良し家族の生活を、理々子の代で台無しにしたくないという思い。

子どもたちも、父親に不甲斐なさを感じているとしても、今まで一緒にいた父親が突然にいなくなったらどのように受け止めるだろうか。異変に気付き、心に傷がつくとすれば、やはりひとり親にはしたくない。シングルマザーとなった自分は想像出来ない。

一大決心で婿を迎えて跡取りとなった以上は、夫婦で我が子二人を一人前に育て上げ、次の代にバトンタッチすることが自分の使命であると理々子は思うようになっていた。その思いは、年を重ねるごとに確固たるものへと変わっていった。

こうなったら愛情云々とは言っていられない。もう我慢するしかないのだ。

結婚前はあれほど「嫁いで家を出ていく」ことへこだわっていたのに……。

不思議なものである。

だが、毎日毎日不快な気持ちにならない日はない。それが辛い。

三十年間、溜まる一方の「ストレス」をどこへ吐き出したらいいのか。このままストレス発散ができず、離婚もしたくないとなれば、極端ではあるが、残りの人生、洸平、理々子のどちらかが死ぬまで続くことになる。それは御免こうむりたい。

そんな中、近頃、理々子は興味深いテレビのバラエティー番組を見つけ、ささやかながらストレス解消につなげていた。主婦役の女優が口にした、

「私がうっかり結婚してしまったクズ夫」

というセリフを初めて聞いた時、理々子は、

(まさしく自分もそれだ)

と、いたく共感し、以来、欠かさず見ている。

「クズ夫」とは、この主婦の夫のことで、洗濯や料理など妻のすることにいちいちケチをつける夫、家事を全く手伝わない夫、女性を見下す夫……などいろいろだ。

こうしたクズ夫が毎回登場し、妻へ身勝手な言葉を投げつける。そんなわがままなダメ夫に我慢の限界を超えた妻が、

「あんたは家事の大変さを分かっていない。私がどれだけ大変だと思ってるんだ、このクズ夫！」

と、日々の不満をぶちまけるというものである。

鬼のような形相で怒りを爆発させる妻。その迫力に驚くクズ夫はようやく妻の気持ちを察し、神妙な表情で「ごめんなさい」とか「悪かった」と反省を口にする。妻もこれまで

溜め込んでいた思いを言いたい放題言って、心がスッキリするという流れだ。

ただ、これにはオチがあって、クズ夫の反省する様子に、妻は怒りを撤回するわけではないが、「十年以上連れ添ったんだもの。だから、あなたのために何かしてやりたくなるんだ」などと、最後の最後に夫に対する気持ちの根底には変わらぬ愛情があることを照れながら口にして、夫婦喧嘩はそこで丸く収まってしまう。

番組としてはめでたし、めでたしではあるが、この妻に理々子自身を置き替えて考えると、どうもスッキリしない。

なぜなら、理々子が不満とする夫のクズな点は、妻のすることにケチをつけるとか、女性を見下すなどの、テレビに出てくる夫たちのような点ではなく、互いの価値観のズレや、あまりにも常識に欠けているような言動なのだ。

それに、申し訳ないが、ハッキリ言って洸平に夫としての愛情を感じて結婚したわけでは決してない。だからこそ、理々子は最後のオチには納得できなかった。

それでも、画面上で堪忍袋の緒が切れた妻がクズ夫に思いっきり物申すシーンは、見ていて気持ち良かった。

理々子の両親が健在だった頃、洸平を婿養子に迎えてからの日々は、自分の親と夫の板挟み続きだった。

洸平は事あるごとに実家のことを話題にした。携帯電話でこそこそ実母と連絡を取り合い、何かにつけて実家に関係することを優先した。

「洸平さん、今日も実家に用事があるらしいわね」

洸平の留守中、母が理々子に皮肉たっぷりに言ってくる。理々子だって同感だ。

「そうなのよ。何の用かは知らないけど。そんなに実家が気になるなら婿に来なきゃ良かったのに。私が嫁の立場だったら絶対できない。追い出されてしまう。そういうことをあの人は考えないのかしらね。常識はずれも甚だしい」

日ごろから洸平の行動を苦々しく思っているだけに、理々子もつい愚痴をこぼしてしまう。

（自分が婿養子だという自覚はないのか！）

その時、バタンと車のドアが閉まる音が聞こえた。洸平が帰宅したのだ。

「ただいま！」

晴れやかな声。

「お帰りなさい。お義母さんお変わりなく？」

母があえて明るく出迎えるが、本心は快く思っていないのは明らか。

「はい。買い物を手伝って欲しいと頼まれて手伝ってきました」

しれっとそう答える洸平に、理々子の表情もつい険しくなる。

（頼まれて手伝ってきただと？『おかげ様で元気でした』とか、行かせてもらったことに感謝するような大人の物言いができないのか！　このバカたれが！）

理々子の母に対しての配慮のなさに呆れ返り、洸平が我が夫であることが悔しくて情けなくてたまらなかった。

知可が生まれて間もない頃、洸平の気になる言動からちょっとした口論になり、抱っこしていた知可の奪い合いに発展したこともある。

万が一、腕から落としてからでは遅いと、理々子から折れて赤ん坊をベビーかごに寝かせつけて事なきを得たが、ほんの一瞬だったとは言え、事情を知らない人があの茶番を見たら、きっと、バカげたことをしていると呆れかえっただろう。理々子は思い出す度に恥ずかしく、今さらながら洸平の常識のなさに憤るばかりだった。

洸平と一緒にいて恥ずかしいと思ったことはこれだけではない。

洸平との婚約が決まり、理々子の職場の同僚たちが二人を祝福する会を開いてくれた時のこと。

会も終盤に差し掛かり、結婚する当事者のあいさつを求められた。

理々子は洸平を立てて、先に言ってもらおうとさりげなく手で促したが、洸平は渋い顔で拒み続けるばかり。焦った理々子は自ら、

「私たちのために、このような会を開いてくださり、本当に感謝しております。未熟者同士ですが、協力し合って豊かな家庭を築いていきたいと思います。どうぞ、これからも皆さんのご指導をよろしくお願いします」

と、先に言い終えた。さあ、次こそは洸平の番。だが案の定、理々子の隣でニヤニヤと照れ隠しのような笑みを浮かべ、

「全部、先に言われてしまいました」

とだけ。理々子はギョッとした。

(最低！　そんな言い方あるか！　もっと他に言いようがあるだろうに。気の利いた言葉の一つや二つ、言えないのか！)

同僚たちが苦笑いしているのを見て、知られたくなかった婚約者の実態がとうとうバレてしまったようで、理々子はその場から逃げ出したいほど恥ずかしかった。

せっかくのお披露目会のはずが、この夜は心底楽しめず、気の重い時間だけが過ぎていった。

今思えばこの一件は、二人の結婚披露宴の後、理々子の弟が洸平に「姉をよろしく」とあいさつした時と同じような状況だ。これはきっと結婚披露宴後の、あの時の前兆だったのだ。

理々子は初対面の時から洸平にしっくりこなかった。クラスが違うとは言え、同じ中学校の同学年なのに全く見覚えがないというのがどう考えてもおかしい。

洸平は野球部、理々子は吹奏楽部で、野球大会の際は球場で楽器を吹いて応援しているはずだが、洸平のユニフォーム姿は一切記憶にない。頭に浮かんでくるのは自分と同じクラスの野球部員のことだけ。これはいったいどういうことなのか。

動物好きな理々子に対して洸平は動物が苦手。子犬などの可愛い映像をテレビで見ても、

「気持ち悪い」

と目を背けてしまうほど。

（こんなに可愛いのに。この人にキュンとなるような感情はないのだろうか！）

不思議でたまらなかった。

それだけではない。美しい景色を見ても、感動的な話を聞いても、しれっとしている。テレビ番組も好みが異なるため、何かに共感するということはない。

例えば音楽を聴いていて、あるいはテレビドラマや映画を見ていて感動したり、感傷的になることがある。そんな時、ふと、誰かと一緒に今の思いを分かち合いたいと感じることは誰しもあるのではないだろうか。それがロマンチックなものなら、なおさら愛する家族や大事な人たちと、と思うが、理々子の場合、それを洸平に期待することはもはや無謀でしかなかった。

だから、今は洸平と一緒にテレビや映画を見ようなどという気は全く起こらない。子どもたちも、もはやそんな洸平を、

「どうせ、お父さんには理解できないだろうから」

と最初から相手にしない。悪い言い方をするなら、家族に愛想をつかされているようなものだろう。

理々子はそんな洸平を不憫に思うこともあったが、今ではすっかり割り切ることに慣れてしまっている。

アルコールに弱く、飲んだくれることはなく、たばこも吸わない。そんな洸平を周囲は、

「出来た旦那さんね」

とか、

「手がかからなくていいなあ」

と羨ましがるが、

(あなた方はあいつの本性を知らないからそう言えるんだ)

理々子はいつも苦笑いを浮かべるしかなかった。

(生きていく上で、優しいだけでは世間に通用しない。長年生活を共にしていれば慣れるだろうと思うように努めてきたものの、もう限界！　注意したところで本人は何も気付けない。これからも変わる可能性がないことは既に分かりきっていること！)

とっくに見切りはついている。とにかく、やることなすこと常識からズレているとしか思えない。親からどんなしつけを受けたのか疑いたくもなる。

もう口を利くことさえもバカバカしい。ことごとく洸平のことが嫌いで、夫とは思いた

くない。

かと言って離婚もできない。だとしたら、今後も人生を共にしていくにはどうしたらいいのか。

そうだ。「夫」と捉えるから苦痛なのであれば、「夫」としてではなく、一緒の家に住んでるだけの人だと思えばいいんだ。今時に言うなら「シェアハウス」の住人とでも言うのだろうか。単なる「同居人」として。

とはいえ、そのような気持ちで実際に夫婦生活を続けている女性は、果たしているものだろうか。

昔は互いの意思に関係のない「政略結婚」をさせられたり、親が勝手に進めた見合いで、たった一度会っただけで結婚した女性もいたと聞く。今では考えにくいことだが、好きでもない人と結婚した女性たちは実際どうだったのだろう。

女性の立場が今より格段に弱かった時代、離縁したくても我慢するしかなかったのではないだろうか。

（自分だけが特殊なのかも。やはり自分は鬼嫁なのだろうか……）

理々子は気になる。

周囲には普通の夫婦に見えても、家庭内ではろくに会話もないような冷めた夫婦のことを「仮面夫婦」という。理々子の場合、口を利きたくないのはもっぱら理々子のほうで、洸平はいたって普通に話しかけてくる。何を言いたいのか分からない、まとまりのない話を向けられるのが不快なだけで、筋の通ったまともな話なら、理々子だって普通に返答することもある。ならば「仮面夫婦」ではなかろう。

家族からとっくに愛想をつかされていることに何も気付いていない洸平は、今後も理々子の夫として過ごすことになる。だとしたら気の毒である。やはり理々子の罪悪感は消えることなく、苦悩を抱えたままの結婚生活を耐え忍んでいかなければならない。「同居人」という考え方は、それを避けるために不可欠な手段という結論に達したわけである。

夫婦の形

先日、一人暮らしの母親の介護で帰省する、東京在住の幼馴染みと久しぶりに会おうということになった。

幼馴染みの真美(まみ)と前回会ったのは、彼女の父親が亡くなった数年前だ。真美はひとりっ子で、小学二年生の時に理々子のクラスに転校生としてやって来た。以来の仲良しで、彼女は都内の大学を卒業しそのまま就職。地方出身の男性と職場結婚してからもずっと都内に住んでいるが、二年ほど前から実家の母親が高齢となって福祉サービスを受けているため、その担当者との打ち合わせなどで定期的に帰省しているのだという。

「お久しぶり！　真美が時々帰省していたなんて全然知らなかった。お母さん、どう？」

「うん、相変わらずよ。認知は少しずつ進んでいるようだってケアマネが言ってたけど、それ以外は特に問題はないみたい」

「でも、認知症は心配だよね……」

自分も親の介護を経験しているだけに、理々子は真美の気持ちが痛いほど分かった。

母親の話題から次第に自分たちのたわいもない話へと変わった。

「知可が家を離れてから、私は知可のベッドで寝ているのよ。旦那の鼾から逃れるためにね。快適よ。だけどね、春から勝も進学でいなくなって旦那と二人きりの生活になっちゃうでしょ。それが嫌なのよぉ」

「分かるぅ！　夫婦水入らずなんてとんでもないよね。私なんてさ、もちろん、旦那の仕事の帰りが不規則っていうのもあるけど、すれ違いが多過ぎ。だから食事はいつも別々だし、寝る場所も別々だよ。それに、旦那が几帳面過ぎてさ、何かと口出ししてくるの。だったら自分でやれよって思う。ウザいのよ」

「えっ、真美の旦那さんってそんな人だっけ？　見かけによらないものねぇ……」

「もう面倒くさいから『自分のことは自分でやって』って言っちゃった。食事は自分の分だけ用意すればいいの。気を使わず好きなもの食べられるでしょ」

真美夫婦には子どもがいなかった。猫二匹を飼っているだけで、特に手のかかる家族はいなかった。夫とは何か用事があれば、すべてメールでやりとりするという。

「お風呂もね、先にあがったほうがメールで『次どうぞ』ってやってんのよ。本当はね、同じ空気さえ吸いたくないくらい」

あっけらかんと言う真美。

「それにぃ、私が死んでも旦那と同じお墓には入りたくないの。分かる？　この気持ち」

「えー？　じゃあ、どうすんのよ」

真美はニヤリとして、

「実は、叔母のところに世話になることに話はついているのよ。母の妹でね、ひとりっ子の私が小さい頃からとてもかわいがってくれているの。だから、今の私のこともよく理解してくれて、ホント、ありがたいわ」

得意げに言った。

「うわっ！　旦那さんは知ってるの？　いつからそんなことに？　何だか怖いなあ。凄すぎる。本当に大丈夫なの？」

上には上がいるものだ。

（やっぱり私と同じように思っている女性は、少なからずいるんだ。私だけが特別ってことではないのね）

真美が自分と同じような気持ちで夫婦生活を継続しているということを理々子は知った。

しかも、徹底して夫と距離感を保っている。何だか先を越されたようで驚きもあったが、これまでの胸のつかえがとれたような気がした。

それが私の生きる道

結婚してからの理々子には、両親が元気なうちに家を新築して、快適な生活を体験させたいというもう一つの目標があった。それが現在の家である。

古い家は、理々子が物心ついたころから数回ほどリフォームを重ねている。理々子と幸司の成長に合わせ、一人部屋を作ってもらったり、浴室やトイレも時代に即した使い勝手の良いものに変えたりして、決して住み心地は悪くなかった。

何よりも、両親と一つ違いの弟と四人でのささやかな生活は、うれしいことも悲しいことも全部ひっくるめて幸せな日々だった。

頑張り屋だが優しく、お人よしで涙もろい母。父は機転の利く人だった。手先が器用で、文字を書かせると達筆。昭和初期の生まれにしてはスポーツにも長けていて、冬はよくスキー場へ連れて行ってくれた。夏は海水浴。足も速かった。スポーツ全般が好きで、若い頃は地元の野球チームやソフトボールチームにもよく顔を出していた。理々子からすれば何でもできる尊敬すべき父だった。

だからこそ、つい、父親と洸平の差があり過ぎると感じてしまい、余計に洸平に落胆せざるを得なかった。何といっても父は子煩悩だった。第一子が女の子というのもあったのか、母が、

「幸司には厳しかったけど、理々子には甘かったよ」

そう言っていたことを思い出す。

また、なんでもできる父ではあったが、母からしたら、父に注意したいこと、やめて欲しいことがあり、面と向かって言いにくいことがあると、

「理々子の言うことだったらちゃんと聞くから、理々子から注意してくれない？」

と言われたこともあった。

理々子と幸司が大人になって、理々子が家を継いでくれることを期待するようになった両親を煩わしく思った時期もあった。しかし、結婚して子の親となって家を継ぐと覚悟を決めてからは、自分たちを何不自由なく育ててくれた両親への恩返しの思いを込めて、リフォームを繰り返した「つぎはぎ」の家ではなく、新築の快適な環境での暮らしを、親が元気なうちに体験させたいと思うようになっていた。

いよいよ実行に移す段階になると、新しい家の設計図を考えたり、旧宅を解体し新居に

入るまでの仮住まい探しや、引っ越し準備に追われる多忙な時期がしばらく続いた。

その大事な時期、優柔不断な洸平ではらちが明かないことも多く、何をするにも主導権は理々子にあった。

(世帯主としての自覚はないのか!)

肝心なところでいつも頼りにならない洸平を、心の底から「役立たず」と思ったりもした。

しかし、そんな洸平も一度だけ思わぬところで役に立ったことがある。仮住まい探しに苦労していたところ、洸平の上司を通して公務員向けの家族用官舎を借りることになったのだ。

本来は行政業務に携わる職員が対象のところ、上司の口利きで借りることができたのだった。家賃も普通の賃貸アパートに比べると安価で、築年数も比較的新しく、八カ月ほどの仮住まい生活は快適だった。それは洸平が公務員でなければあり得なかったことだ。

あの時ばかりはさすがの理々子も、洸平がいて良かったと思った。

まだあった。「燃えるゴミの日」だけは、朝、目を覚ました洸平が近くの集積所へ運んでくれる。朝食準備に追われる理々子としては、まあ有難いことである。食前のコーヒーが体にいいと知って、毎朝、朝食前に洸平がコーヒーを淹れてくれる。決して美味しいとは言えず、時には「ありがた迷惑」に思うこともあるが、まあ、その気持ちも有難い。

秋から冬へ、冬から春へと季節の変わり目には、理々子が頼まずとも車のタイヤ交換をしてくれる。力仕事など身体能力的なことでは男性に太刀打ちできないことも確かにあって、そういう意味では洸平の存在は有難い。だから理々子にも洸平に対する感謝の念はしっかりある。

しかし、それが定着しないからこそ、理々子のストレスが溜まって、洸平のことをことごとく嫌うようになってしまったのだ。

何も好き好んでこんなふうになったわけではない。すべては洸平の言動からきているのだ。

せっかく穏やかな気持ちでいると、すぐにまた何かしらしでかす。それは食事のマナーだったり、会話だったり、ずっと同じことの繰り返し。気を使って遠回しに言っても、思い切ってズバリ注意しても、この三十年、何も変わらない。

（もう無理！　悪いけど、あなたには「私の夫」という感情は持てない。ただの同居人。確かに有難いと思うこともあるけれど、やっぱり無理。申し訳ないけどもう無理。有り難う、だけど、ごめんなさい）

以前、テレビドラマで、しっかり者の母親と、そんな母とは対照的で、何をやっても失敗ばかりの情けない職人気質の父親を持つ娘が、ある時、母親に、

「お母さんはどうしてあんなお父さんと結婚したの？」

と聞く場面があった。

母親の答えは、

「いつも失敗してばかりに見えるかもしれないけど、それがお父さんのいいところ。夫婦っていうものはね、長く一緒に住んでいるとだんだん分かってくるものなのよ」

だった。

（所詮、ドラマの話。実際にはそんなきれいごとでは済まされない）

理々子は吐き捨てるようにつぶやいた。

洸平がたまに言う。

「俺が退職したら、二人でゆっくりと旅行でもしたいな……」

「……」

しかし、理々子は聞こえないふりをしたり、

「う〜ん……。まず女同士で。知可とどこかへ行きたい」

などと濁している。

もちろん理々子だって共働きだった頃は、どちらも退職したら、旅行でも何でも夫婦でゆっくりとした時間を過ごしたいと思ったものだが、努力の甲斐なく、未だに洸平の言動は改まっていない。「夫婦水入らずの時間」、そんな夢も今は封印している。

子どもたちが家を離れて夫婦二人だけの今だからこそ、大事な時間を大切に、楽しく過ごすチャンスという思いは今も変わっていないが、長い間のクセが染みついてしまって、もうとっくに諦めがついている。「意気投合」「以心伝心」などあり得ない。

強いて挙げるとしたら、勝のことだろうか。

高校からバスケットを始めた勝が、大会で活躍する場面が増えて、自信がついてきたことから、大学でも続けたいと、強豪校への進学を希望して、見事合格。夢が叶った今、今後のさらなる活躍を応援していくことが、理々子と洸平にとって唯一の共通する思いと言

えるかもしれない。

「全日本選手権とかでプレーするところを、間近で応援してみたいなあ。もし、出場できたら絶対行こう」

勝のことと、スポーツのことになると、洸平は饒舌になる。スポーツのことはあまり分からないが、理々子とて息子の活躍を間近で応援したい気持ちは同じだ。当然の親心であろう。

小、中学校とサッカー部だった勝は、高校でも続けるかどうか迷っていた。しかしサッカーでは思うような活躍ができなかったこと、さらに体育のバスケットの授業中、たまたま「才能あるな」と先生に褒められて気を良くして以来、サッカーよりもバスケットに魅了され、高校で心機一転、バスケットへ転向したのだった。するとめきめきと頭角を現し、初心者ながら主要メンバーとして参戦する機会が増え、恵まれた三年間を過ごした。

高校入学当初は、卒業したあとは地元就職を考えていたが、バスケ部での三年間の経験を通して、バスケットの指導者になりたいとの思いが芽生え、ぎりぎりになって進学に変更したのだった。

洸平はどう思っているかは知らないが、理々子は、就職でも進学でも、本人が納得しているのなら親として後押しする気でいた。自身の経験から、勝にしても知可にしても、我が子にはできるだけ本人の意思を尊重してあげたい。あとで後悔するようなことはさせたくない。ずっとそう思っていた。

とはいえ、その裏には、どんな進路でも将来的には必ず姉弟のどちらかが家を継いでくれる。そんな期待を込めてのことだった。

勝は無事、希望していた県外の大学に合格した。

「おめでとう。でも、今度からは自分のことは自分でやらないとダメよ。親はすぐ近くにいないんだからね。ちゃんとやれるかしら……すっごく心配」

「やれるって。バカにすんなよ」

夕食を終え、リビングで理々子と勝がくつろいでいた。まだ八時を過ぎたばかりだというのに、洸平は例によって寝室で横になりながらテレビを見ている。合格の報を聞き、三人で喜び合ったのもつかの間、さっさと寝室に引き上げた。いつものことではあるが、理々子はやっぱり合点がいかない。

（今後の学生生活に対しての親らしいアドバイスとか、将来についての男同士の話とか親らしく語るってことはできないのか！）

二階の寝室からテレビの笑い声が聞こえる。

「勝が行っちゃうと、もうすぐお父さんと二人きり。なんか淋しいわぁ」

ソファでゆるゆるしている勝の隣に腰をかけた理々子が、軽い気持ちでぼやいた。すると勝が意外なことを口にした。

「俺さぁ、実は最初から大学へ行きたかったんだけど、ほら、姉ちゃんもいないし、俺もいなくなったら、お母さんが淋しいだろうなと思って言い出せなかった」

「えーっ！　そうだったの？」

理々子は鼻のあたりがツーンとなるのを感じた。まだまだ子どもと思っていたが、無頓着でいるように見えて、実は、ふだんの理々子の洸平に対する態度から、勝なりに感じていたものがあったのではないだろうか。

「そうだったか……ありがと。でも、お母さん頑張る。大丈夫。勝は気にせず、目標に向かって頑張って！　いつかお父さんと一緒に勝の応援に行くから。せっかく大学生になるんだから勉強も頑張らないとな。文武両道よ」

理々子の目がほんの少し潤んでいた。

「俺、絶対地元に戻ってくる。知らない土地なんかに住み続ける気は全くない」

「今はそうでも、卒業するまでに考えが変わるかもよ」

あえて理々子が意地悪っぽく返すと、

「いや、そんなことはない。必ず戻って来て、またこの地でバスケットを続けたい。指導者になれたら一番だけどなぁ」

もちろん理々子の願うところでもある。心強かった。

「たとえ指導者にはなれなくても、こっちに戻って仕事があればいい。とにかく、健康で元気に有意義な学生生活を送ってくれるのがお父さんもお母さんも一番うれしいんだからね」

「うん」

どんなに洸平にウンザリしても、子どもたちを不安にさせるようなことをしてはいけない。怒りに任せて離婚などして、あとで後悔もしたくない。改めてそう思った。

理々子は割り切って、今日も「同居人」と時を共にしている。知可と勝の成長を見守り、我が子へのバトンタッチが済むまでは、洸平が主語なしで話しかけてきても生返事に徹し、一生を共にする覚悟で。洸平には悟られないよう、一生をかけて憂さ晴らし！

（それが私の生きる道……）

洸平を「同居人」と思う時、理々子の脳裏には、誰かの歌のタイトルにあったようなこのフレーズが毎回浮かぶ。

※この物語はフィクションです。

著者プロフィール

櫻井 紅音（さくらい あかね）

雪国生まれ。

大の犬好き。特技は楽器演奏で、主に鍵盤楽器を愛好。学生時代は吹奏楽部でサックスを担当。社会人になってからは趣味の一環で、一時期アマチュアバンドで活動していた。

座右の銘は「感謝の気持ちを忘れない」。

主語のない男、生返事の女

2021年11月15日　初版第１刷発行

著　者　櫻井 紅音
発行者　瓜谷 綱延
発行所　株式会社文芸社
〒160-0022　東京都新宿区新宿1－10－1
電話 03-5369-3060（代表）
03-5369-2299（販売）

印刷所　株式会社平河工業社

ISBN978-4-286-23008-5